夏菁　著

折扇

一首自傳式抒情長詩

序詩

我們整個的一生
像折扇一柄
　一面春山如畫
　一面秋雨多詞
年輕時，一節節地
展開，年老便
將它收攏
——剩下一陣清風

目次

一九二五年

（國父中山先生在三月十二日逝世
上海在五月卅日發生慘案
江浙軍閥內戰方息）

穿著蘇繡的花鳥紅裙
頭插珠鳳，興沖沖
要赴水城的喜宴
不管新涼的西風
吹得多緊
江南的秋雲
將旭日不時遮攏
一個十月的清晨

為了唯一的
胞妹的婚禮，半日航程
管不了耳邊的勸阻——
　有身孕不宜遠行
　旺受水上的顛波
　　時局的不靖
這些都不能打動她
去姑蘇的決心

紅菱鞋的足尖
作芭蕾的一點
震動了航船[1]的吃水線
驚醒了肚中的乾坤
「這麼巧，這個時辰

破了我的計劃
幾個月的準備和興奮
真有些捉狹
在這個緊要的時辰」
（我在肚中納悶
「生不逢辰」？
一時不敢出聲）

急急扶回江南的老宅
高高的門檻
方磚和月洞門
在葡萄棚右邊的廂房
軟軟的銅床之旁
備有一隻朱漆的
子孫馬桶，落下一個

紫紅色的男嬰
發出響亮的第一聲

祖父拈著白鬚頷笑
祖母則指揮若定
丫鬟們亂成一團
父親則故作鎮定
這是一個不速之客
一個差幾週的早產兒
急急闖入人間
不知外邊風雲
多緊，歲月欠靖
舉國尚在國殤期間
五卅慘案血蹟猶新
還有齊盧[2]軍閥的內鬨

人心的不定

祖父是個革新人物[3]
內憂外患常使他擔心——
廣東的革命新軍
還在立正、排洋操
割據的局面，已似
併盤一般，亂七八糟
日本和列強虎視眈眈
學生運動方興未艾
革命未成，遙遙無期
太平盛世，良辰難再

父親卻是個樂天派
在北洋讀過ＡＢＣ

當時的高科技
專業是電信
於詩畫更加醉心
對前途十分樂觀
做人也聽天由命
一隻小小的金錶
繫在西裝背心
子女多多愈善
家事毋須操心

祖母治家有方
管教則寬嚴並濟
一把孔明羽扇
愛說長毛[4]的事蹟
對時局逆來順受

祈安寧不落人後——
民國、民國為了百姓
內戰不休，誤盡蒼生
中山先生宿志未酬
群龍無首，何時太平

一陣兒啼從東廂傳來
淡淡的桂香起自花壇
室內的疑慮似香煙繚亂
飄渺不盡自朝到晚
一個簇新的生命
生在一個動盪不安
新舊衝擊的時代
（未來的歷史像一面銅鏡
稍露跡象，卻難以看清）

現在且祝福、舉杯開懷
為這個生肖屬牛
中午誕生的男孩
願他將來有澄清之志
不會有辱家聲——
作一個堂堂的讀書人

二〇〇〇年五月四日

註：
1、航船是當時江南運河及水上的主要交通工具。定期航行，可載七、八至十餘人，用槳櫓划行。
2、齊盧乃當時浙江、江蘇兩大軍閥之姓。
3、祖父為同盟會會員，曾任浙江省第二屆省議員。
4、家鄉一帶人稱太平天國的人為長毛。

▲ 祖母（中坐）、父親（右立）及叔叔姑母們。（一九三五年）

一九三七年

（九一八、一二八，記憶猶新
七七蘆溝橋事變又發生）

北方一個秀麗的港灣
一座觀海的小山
住著一群天真爛漫
在蘋果樹下打鬥
衝鋒的小孩
不是他們天性兇狠
只因街頭巷尾
竊竊的私語和交談

戰爭的氣息如晨霧
在每一個角落迷漫
現在正是暑期
海濱公園擠滿了繽紛
作逐浪的遊戲
遠遠的海平線上
——卻戰艦雲集

突然震天的一陣禮炮聲
小孩們閑上陽台定睛
出雲兵艦[1]高掛著太陽旗
目空一切地駛入港灣
那幾個觸目的煙突
像畸形的門牙裂開
看來陰險無比

不知藏有什麼鬼胎
青島只是一個
不設防的城市
僅有幾尊德國人留下
生了銹的炮台
有一些備棍的警察
和大專的學生兵
漸漸滿街是バカ、バカ
八字腳橫行
出言不遜的水兵

北方風雲日緊
日兵在宛平縣挑釁
我家的麻臉廚子說
「東洋鬼子遮住了老百姓

用繩索將琵琶骨吊起
不由你死，也不由你生」
母親聽了臉色變青
就痛下決心
帶兒女去江南暫避
等到時局自清
最多挨到過年時節
回來再見父親
（這次她估計錯誤
全國也很少人猜準）

從膠濟鐵路換到京浦
南下浦口過渡
滾滾的長江不盡地流
火車東駛不回頭

家鄉是小橋流水
鶯啼十里、白鷺低徊
門前樹高欲捕蟬
後河解船去採菱
國家大事大人去管
怎奈連一接二的駭聞——
　七七蘆溝橋事變
　八一三淞滬戰起
　十一月金山衛登陸
　政府要準備遷西
我們在三角地帶被困
轉篷於水路河濱
茅草是屋頂和床舖
充飢用稀粥或麵糊
白晝躲著頭頂上的飛機

夜間受驚於狗吠雞飛
課業荒廢到不見紙筆
不時壯膽去穀場嬉戲——
滾鐵環、丟銅板
躲迷藏、捉田雞

等到日本散兵闖下鄉
一天比一天緊張
女眷抹炭裝男士
壯丁扮成老朽樣
殺人放火時有所聞
敢怒不敢多聲張
有人新從南京回
親眼目睹種種慘狀
江水嗚咽色盡赤
屍體滿山又滿坑

炎黃子孫遭浩劫
小小心靈受重創

父親遠撤在大後方
無信無息無接濟
一家八口的重擔
落在瘦骨嶙峋
纏足放大的母親的身上
（她有鐵的意志
曾經攜小扶大
突破重圍兩次
這是一九三七以後的事）

我和父親在那年一別
豈知要睽離半個世紀

中國人像我那樣的
在二十世紀不算稀奇
只是在十多歲幼小的心靈
覺得一片愴然，不可思議

二〇〇〇年七月二十二日

註：
1、出雲兵艦是日本的主力艦，有四個大煙囪。

◀ 左：夏菁父。
右：夏菁母。

◀ 抗戰時期，夏菁（左一）與兄弟們合照。

一九四七至四八年

（一場八年的苦戰
贏來不易
另一場又起）

鼙鼓動地
山雨欲來
一股北方的寒流
正在漸漸逼近
卻不曾熄滅我
青春的火焰
在杏花春雨的江南
小橋枕河的水邊

邂逅一個倩影
像一闋如夢小令
　詞婉意蜜
　體貼情深
常使我風露立中宵
只為了一顰一笑
漸漸是朝遊南園上
夜看織女星
兩個人、一個天地
一時聽不見馬嘶聲

負笈在西子湖邊
北平沈崇事件
同學于子三自裁[1]
罷課、反飢餓、遊行

日子無一天安寧
互指著鼻子攻訐
黑白總是辯不清
貼貼標語、呼呼口號
浪拋課業和青春
在那個風雨的前夕
在那個人為的分水嶺
　不是左便是右
　不是東便是西
沒有一個
中間的立足之地
自由和個人的尊嚴
被踩在腳底
狼煙四起

北方的騾馬將要征盡
我們便手攜著手
遠離家鄉
像相如一般
學范蠡模樣
乘上一葉扁舟
借著愛的風向
囊中一無長物
只靠半技之長
東望蓬萊仙島
心盼桃源景象
好風送、白鳥迎
天若傘、海如鏡
一夜情話還未訴完
清晨船錨已經下碇

一個細雨微風的港口
濕漉漉、暖洋洋
路邊吹著水壺的汽笛
　（呷旦、呷旦
　　杏仁旦）
木屐、斗笠和微笑
火車咪你、軌道小
從容行駛黑煙多
山窮水盡似無路
八堵、七堵又五堵
不久省城已經到
「總督府」被削了平頭
南門瘡口還未補
人不多、禮貌好

「失禮、失禮」街頭語
踢踢踏踏滿處跑
家家矮牆圍冬青
街道整潔治安好——
這是初臨的寶島

再接再勵向東行
車阻漁港南方澳
換船衝浪颱風後
清水斷崖景色妙
到達港口換火車
火車、好似玩具小
下得終站，名「日出」
沒有乘客、也不收票
東望只見海天一色
耳邊但聞浪濤濤

小小的市區隔塵世
沒有車聲和喧鬧
（全市只有三輛汽車）
花木扶疏花崗山
火紅的鳳凰木夾道
這樣一個落腳的場所
避秦還有那處好

清晨東向觀日出
傍晚海邊撿貝螺
年輕的日子
總是甜蜜地過
雖然不到五斗米
爬山折腰不為苦
木瓜、林田、太魯閣

銅門、安通和秀姑[2]
索道吊空困雲端
番刀開徑疑無路
不聞對岸歷史的爭吵
種樹、治水和保土
養成對自然的愛好
對詩的一片癡心
從此在寶島二十載
變成一個半島人[3]

二〇〇〇年十一月七日

註：

1、沈崇被美國士兵姦殺，引起全國反美運動。于子三涉嫌親共，因而自盡。

2、木瓜、林田、太魯閣均為山名；銅門、安通是地名。秀姑乃溪名。

3、台灣有半山人的說法，我自大陸來，住了這麼久，可稱為「半島人」。

◀ 年輕的一對。
（一九四七年）

◀ 夏菁初訪陽明山。
（一九四九年）

一九五四年

（一個堅苦、迷惘窒息的年代）

彼岸早已豎起
另一種旗幟
三反、五反，什麼都反
遍地在狂熱中燃燒
　階級如積木
　地主是稻草
自由是反叛的同義字
——從字典中吊銷

十年後，變本加厲
大家只讀一本紅書
　吃一鍋白飯
　穿一色藍衣
知識變成一種逆障
學習先要去牛棚……
（透過時間的反光鏡
我必須冷靜、清明
何處去借一個公正的
天平，作客觀的度衡？）

這邊是偏安的局面
王師北定，求之夢寐
敵愾同仇，國姓誓歸
在你死我活的時刻——

以牙還牙，以暴易暴
寧抓無辜，不漏一人
《自由中國》[1]名豈符實？
午夜驚魂，饒不了
梁實秋和蔣夢麟[2]
胡適埋首在、埋首在
西方的圖書館裡
民主還不知從何說起？
（現在想起來
那時虧欠了自由
卻換來一個安定）

可是，兩岸的讀書人
多在苟全性命於亂世
折磨心靈和自尊

幾千年來，豈已壓成
蟑螂般的傳統和耐性？
在這世紀的暴風雨中
等待陽光原是一種自虐
大家不禁要問——
這暫時的風雨
拿籠罩我們的一生？
在那一段迷惘的時期
即使公認的聖人
也患著小兒麻痺症
那些年輕的表弟們
失噤得只談天氣
大家唱一樣的調子
獻一樣的頌辭
馬戲中扮個小丑

被歡呼為詩人
真正發自內心的聲音
微弱得沒有人聽

在這窒息的時辰
有幾個不願隨俗的心靈
要挽救三十年之衰
不作狂人的吶喊
追求心中的繆司
願在沙漠裡唱詩
卓立於時尚之外
不乞憐於佈施
組一個詩社
只求觀摩激盪
相互尊重——

但不互相標榜
（半個世紀，將要過去
風風雨雨，持續發光）

回溯那時在寶島只有幾年
枵腹從公，難為無米之炊
杯水車薪，只好揮別花蓮
北上臨安，另謀生路
先到郊區種茶植樹
文山包種、烏來瀑布
因緣考上了一個機關
捲舌挺腰作一個Gentleman
不亢不卑、亦中亦西
允文允武、不徐不疾
攝取西方之長

補我自己之短
朝習民主、晚學容忍
實事求是、謙恭守正
不辭勞苦走遍全省山林
閒來不忘寫詩作文

那年秋季結集了生澀的
果子，是酸是甜還在其次
從A到Z自己照顧
情同生了第一個孩子
封面上是兩馬同槽
《靜靜的林間》、《藍色的羽毛》[3]
書商白眼，洛陽紙賤
行篋以隨，自行推銷
社會的鼓勵鳳毛麟角

對詩的信心，未曾動搖

二〇〇一年二月五日

註：

1、《自由中國》雜誌，遭受監視。六年後發行人被補，雜誌被封。

2、梁先生曾對我說過，他家曾遭到搜查，說是有人掉了一部打字機。夢麟先生也曾埋怨過午夜突檢的事。

3、《靜靜的林間》是我第一本詩集。《藍色的羽毛》是余光中兄的詩集。兩本同在一九五四年秋天由藍星詩社出版，也為詩社出集子的首次。

▲ 歷史性的詩人聚會。自左至右：鍾鼎文、覃子豪、向明、彭邦楨、向明夫人、胡品清、羅門、蓉子、夏菁夫人、余光中、余光中夫人。（夏菁在農復會宴請詩友時所攝。）

▲ 藍星詩社詩人聚會。前排：洪兆鉞、敻虹、夏菁夫人、蓉子。後排：周夢蝶、向明、羅門、吳望堯、辛魚、方莘。

一九六一至六二年

（海闊天空任鳥飛
一次自由之旅）

一架老式的西北客機
載著一群離合悲喜
冉冉在高空滑行
有時如雪撬平穩
剎那又野馬奔騰
前面是雲海茫茫
後方則記憶尚新——
考試、出境、安家

出國如蜀道般艱辛
一年來憂心重重
到機場還戰戰兢兢
（同伴多帶了幾塊現鈔
出境時被抄）

想到下次和妻兒相見
要待三百六十五天
一個一百十六磅的瘦身
怎能擔負一顆沉重
忐忑不安、又激動的心？

途經阿拉斯加，到達
西雅圖，頭條新聞是
女　教　師　自　殺
看慣反攻大陸的第一版

覺得美國人大驚小怪
（後來才知道
報紙不是官辦）
初登新大陸的西岸
難免作一個對照
市區比我們整潔
不見軍警充斥街道
行人相互招呼回禮
也無汽車亂鳴亂叫
我們這一夥同出同進
深怕被認為鄉巴佬
寶島飛來只有幾天
像穿過卅年的時光隧道

由此東飛華盛頓

巍巍巨塔將我吸引
心中時常在盤算
佛勞斯特何日進城？[1]
林肯面容十分嚴肅
南方仍傳來哭泣之聲
面對國會吵鬧不休
民權、人權還在爭論
白宮住著個學生會長[2]
倡導開拓和創新的精神
蓬勃之氣向全國播送
華盛頓塔像一轟電台
而我，而我從一個
暮氣沉沉的古國走來
那裡人生七十才開始
朝笏執在顫抖的手裡

滿街都是口號和成語
自由和民主很少提起
此時，此地，我好似
一個小學生的好奇
雖然快到卅六的年紀

從京城又去舉世聞名
的Radio City，欣賞
紐約的開放和天真
光怪離奇的現代藝術館
還有百老滙的不夜城
　裸體照和禪宗並列
　詩集和性書雜陳
　時報廣場有各種膚色
　十字架和娼妓為鄰

一隻人世間的大拼盤
任你去嚐、任你去看
自認是東方來的一隻
古典的貓，躡手躡腳[3]
目瞪口呆，無言相對
差一點忘卻多年的心願
——赴自由女神的約會

車往西部，車往西域
橫貫紅鬍子的玉米田
西出西出，平原平原
（這是火車的囈語）
醒來已到了落磯山下
北上釁門，一無故人
從此將年紀塞進背包裡

活潑了我老成的語氣
夾在披頭和藍短褲之間
不時挑燈到清晨
考試、想家、又等信[4]
頓頓都是牛肉餅
所幸，教授同學多親切
苦樂參半，信心大增
學術自由風氣好
日夜薰陶，獨立的精神
等到榆葉滿階雪滿地
林盡知年才睽離
（那知三年後又轉篷
可臨視堡再取經）
此後又徜徉萬餘哩
湖光、山色多綺麗

雖無脫胎換骨之想
海闊天空任鳥飛
——一次陽光的洗禮

二〇〇一年五月四日

註：
1、有人形容，詩人Robert Frost每次進京，華盛頓塔也為之點頭。
2、艾森豪總統以後，甘迺迪看起來如此年輕，像一個學生會會長。
3、這是我一九六四年出版《少年遊》中一首詩內的描述。
4、那時家中無電話，一封信來回至少要兩個星期，真是心焦。

▲ 一九六一年夏菁第一次去美前的全家福。

▲ 在科羅拉多州立大學
研究所深造。

▲ 在落磯山遊覽。

一九六八年

（從東半球的一個小島
還到西半球的另一個）

又一次揮別了
數十雙依依的手
島上的風風雨雨
二十年的山山水水
這一次，一家連根帶泥
從青翠的稻田裡
移去一個香蕉和山藥的
島國，在地球的背後

有歡笑，也有眼淚
——應聯合國的招手

先到羅馬
羅馬，這個赭黃色
古色古香的城市
疾馳的車輛，將現代
發揮得淋漓盡致
自古以來，車聲轔轔
在歷史的路上日夜不停
他們好像從不睡覺
狂熱地東征西討
建起一座四通八達
川流不息、大理石的永恆
意大利人愛是愛、恨是恨

發揚天才和個性
米開朗基羅，達文西
翡冷翠的文藝復興
（我們的正在被摧殘）
他們也有柔和的一面
Mammone的傳統歷久彌新[1]
家庭的觀念比我們更深
（我們的正在被破壞）

到了加勒比海的那個小島
靛藍的海水和白沙圍繞
日光普照，四季若春
有時，恍然又回到寶島
不要小看這蕞爾小國
民選、議會一樣不少

言論的自由使我吃驚
國會裡面輕鬆、文明
只是——辦起事來不很認真
許是環境和民族的個性
他們有紅土可以賣錢
三S作觀光之本[2]
香蕉果腹，椰子解渴
聞樂起舞，逍遙自在
富人巨商歌舞達旦
從來不知什麼叫克難
英國人留下些建設基礎
缺乏人才去好好維護
百年樹人剛剛開始
經濟發展要靠外資
（假如不是能源危機

生活還可維持水準
後來又走上古巴路線
愈走愈窄，民不聊生）
這使我深深地質疑：
　民主和自由如被濫用
　虛有的畫餅，如何充飢？

我從禮儀之邦前來
感到震憾和不習慣
已經做了聯合國的公民
要有接受異樣的決心
見到Rasta不用迴避
聽聽Reggae[3]賞心悅神
麵包果烤起來清香可口
鹹魚和Akee[4]別有風味

Out of Many One People
原是他們的motto
漸漸，我也被感染——
Don’t worry, be happy

可是，有一件事不會忘掉
二十年兩岸的僵局未了
　有弟皆分散，無家
　問死生，寄書常不達
　況有紅衛兵
一個五千年的文明巨人
走入了一個八卦迷陣
看不透明日重重的雲霧
只能耐心地等待放晴
（那知又等了三十年

這個中國結還未解）

二〇〇一年七月二十一日

註：

1、意大利家庭多以母系為中心，愛護子女，無微不至。

2、紅土（鋁礬土），賣給外國鋁業公司，三S是太陽（Sun）、沙（Sand）、及海（Sea）。

3、Rasta散髮或織辮，信奉前依索比亞國國王為教主，生活自由散漫。Reggae是那裡的特殊音樂，舉世聞名。

4、Akee是樹名。果子成熟後和鹹魚同炒，色香如蛋。

▲ 牙買加京士頓機場。

▲ 牙買加北岸名勝鄧斯河瀑布（Dunn’s River Falls）。

一九七七年

（在中美洲的一個地震小國
一切如火山待發）

清晨、還不到五時
一隊Mariache在樓窗下
奏著黯然的曲子
不禁，我暗暗地彈下
一串落寞和傷別
　兩年來的回憶
向這苦難又多情的小國
今天，又要揮別依依

這是一塊淒麗的土地
資源有限、人口稠密
十四豪門佔盡全國沃壤
任貧農刺出了血
摘棉花、採咖啡
　卻無立錐之地
那些擁入都市的
探食於垃圾筒底
蜷居在紙匣
搭成的小屋裡
軍人執政已幾個世代
今夏又擁出新的獨裁
首都日夜歌舞昇平
東北山區已經發難

貧農只求有地可耕
政府一概不聞不問
我曾說：「若再漠視
有一天會革你們的命」
不幸，這話漸已成真
一位部長忽被綁架
大學校長陳屍校門
內戰已像火山待發
政府慌得落魄失魂

在這岌岌可危的一瞬
脫離險境，理當相慶
但我另有幾層苦惱
像一隻未剝的澀筍
外面是堂皇的世界公民

聯合國裡卻是個游民
國籍在幾年以前
被掃出曼哈頓
玻璃火柴盒的大門
被歸為Others——現代的孤兒
國際間的浮萍
不要問我什麼樣的心情？
那個對岸太平洋的小島
處變不驚、自強不息
工業起飛、農村興盛
那一點比不上別人？[1]
時乎？時乎？奈何奈何
國且不幸，何況個人

在這苦悶的季節

在那火山之麓，無意間
發現了潭水一汪
我像一棵飄泊的水仙
落在明淨、清麗的濱邊
仰慕的鬚根，蠕蠕向前
這是一種解脫或逃逸
（感情的五十肩
人生的五十弦）
或是Armageddon的心理
當時實在也難以分辨
只是向一側倒影
一襲風韻、一絲空靈
重新拾起夢花之筆

它是一個火山湖

我是湖上緊抱的空氣
它是一條清流
我是水車的輪轉不息
如果是一個湖心的小島
我朝夕起伏的思潮
會將它團團圍繞
如果只是一個難期的夢
讓它殘闕到明朝

我的醉是為了水波盈盈
那顏色勝過陳酒的萊茵
我的醉是為了一股清馨
荷花池畔習習的微醺
那種醉，可以歷久彌新
直到浸蝕了漸停的心

可是，我流著的是——
中國讀書人的血液
今世已有根紅繩相牽
白首的誓約刻在竹簡
莊生一夢、幻想三千
El amor sin tocarse
La canción sin palabras de la brisa
（昨夜星辰
當時已經惘然
人亡曲終
今日豈堪追憶？）

二〇〇一年十一月七日

註：

1、即使是民主，一九七七年已舉辦縣市長及議員的選舉。

◀ 在聖薩爾瓦多市家中。

◀ 向薩爾瓦多國總統（作筆記者）及高級官員報告工作和為農民請命。

一九八九年

（歸乎？不歸乎？
胡不歸？）

歸乎？不歸乎？
年年縈繞在心頭
這已經是一九八九
飄泊了四十個春秋
一隻獨木舟
想回歸原來的港口
雙親已九十多
在隔洋頻頻喚呼

歸乎？不歸乎？
胡不歸？胡不歸？
天安門血跡未乾
可以歸乎？
老父已望穿秋眼
慈母已記憶不全
更待何時？若不歸去
——將終生抱憾
歸乎？不歸乎？
（若哈姆雷特的名句
念念心頭）

海島已經解嚴
半啟了探親的大門
對岸也釋出了善意

開放似鏗鏘有聲
數十年的封凍
吹起微微的春風
省親和掃墓陸續於途
我豈能無動於衷？

在楓葉轉紅以前
從落磯山飛回江南
——那個青春揚帆的港口
飛機孳孳地著地
像一隻蜻蜓的棲息
落在江南的水邊
四十年只像四十天
歷史回到了原點
江山依舊如畫

口音仍然若昔
前嫌無人提起
感情日漸融洽
（也許健忘是種美德
寬容是宗教的真諦）
何況，這一片是生我
育我的神州故土
在五千年的歷史裡
四十只是彈指而過

北上中州
駛經大河兩岸
平沙無垠，落日正圓
歷史的蒼茫盡在眼前
我們只是一代的過客

西望源頭，崑崙不見
東眺黃海，迷濛無邊
此身只是一粒細砂
在時光的中流漂載
渺小而短暫

拜見了高堂，恍如隔世
擁抱、眼淚夾歡笑
棣華相遇，一見如故
話別、聊舊兼取鬧
在父母的膝前
五十、六十都變小
老父飽經折磨
沒有半句怨訴
白髮祥顏，詩畫自娛

菜根布衣，不以為苦
對初次見面的媳婦
讚其慷慨，稱其賢
對我則用詩告誡：
　異邦莫羨風光好
　炎黃子孫記心頭
我也作舊詩獻醜：
其一：濟水相違五十年[1]
　孤篷迴轉黃河邊
　別時童髮未覆額
　歸來星稀霜滿顛
其二：海外飄忽四十春
　鄉音未改學胡聲
　吟詩每感知章句
　酒酣還我江南人

母親行動雖尚稱健
記憶錯亂語句不全
話舊顛倒又重複
呼兒不知在眼前
瘦骨嶙峋猶顯當年之勇
半生顛簸僅有一樁心願
——不慣北國的風沙
聲聲要想回江南

次日正是己巳中秋
父母雙全，兄弟俱在
半世紀來難得的盛會
「花好，月圓，人壽」
父親說：焉能無詩？

我的即景是：
　皓月當空照
　雁飛秋更高
　堂前學萊子
　長夜作春宵

辭別後南下姑蘇
　靈岩秋色，寒山鐘聲
　滄浪水意，虎丘塔影
少年韻事歷歷在目
只覺得歲月催人
——剩下一顆童心
（不數年，父母均故
　我們又在蘇州相聚
　葬兩老於太湖之濱

還了他們的遺願）

胡不歸？這次歸去
什麼印象最最深？
——中國優良的傳統
像一隻陀螺的堅韌
任你丟，任你拋
風吹雨打，旋轉不停
——它的軸心是家庭

二〇〇二年二月五日

註：

1、我和父親於一九三七年抗日戰爭時在濟南車站分開，已逾五十年。濟水源出河南，但濟南的數百處泉水，據稱均來自濟水。

▲ 大姊及姊夫一直住在台灣，我們每隔兩三年見面。

▲ 一九八九年，五兄弟分隔四十年後重逢於大陸。左至右：志華、志澄（夏菁）、志清、志揚、志璇。

一九九七年

（落磯山下
詩的獨白）

一片鳥鳴山幽的天地
我對自己說：白首臥松雲
　但要保持一顆童心
數十年的芒鞋已經藏起
高掛了胡笳及教鞭
現在，現在只剩下
剩下一支黃鉛筆
（一株伴我一生

長長短短、蠢蠢欲動
　有松木香和牙痕的天機）
曾經是一個耐性的爬山者
　一步一腳印
卻從沒有攀到山頂
「能夠征服的就不是山」
　我安慰著自己
曾經是一個獨行的獵人
　浪跡天涯
不喜圍捕，自闢幽徑
不受嗟來之食，不用
假借的弓箭和指南針

也曾迷失在霧裡
　飄零於字海

障眼於魔術的句法
　偽造的圖騰
沒有謎底的燈謎
（不猜也就罷了）
難道捨此就不能再
　別出心裁？

一個誠樸、率真
正常和理性的人
　偏要寫詩
豈不是一項錯誤的決定？
不願織文、不喜華采
求簡求真、渾然自在
豈不是自絕於現代的流行？

不！讓別人去喝藍山咖啡
我喝我的龍井
雖然我住過藍山之陰[1]
讓別人去唱Rap的歌詞
我念我的唐詩
雖然，我坐看的是——
　落磯山的雲

不是到老才收起劍來
束髮後從未激進
不是挾泰山以超北海
學鸚鵡哪有不能？
要做到句句出自肺腑
常感到力有未逮
要首首承先啟後

落筆後總覺平淡

何去？何從？
走在兩條路的交點
前有古人平仄鏗鏘之聲
後有現代硬石的敲打[2]
融合中西，貫串古今
豈不是這一代詩人的使命？

我們是湖
承載千年中土的長流
有錚錚作聲的屈原
穆穆的杜甫
我們是湖
接納了歐風和西雨

波特萊爾、艾略脫以及
奧森[3]，一種新的混成
要繼續向歷史流出
這豈非我們的責任？

有我無我，向內向外
直說曲說，寫理寫情
寫一己，寫大眾
要抑制，要放任
莫衷一是，眾說紛紜
更何況詩的內涵
要如蜜中花，水中鹽
體匿性存，有味無痕
不可湊泊，若隱若現
羚羊掛角，不落言詮

Art is to conceal art
而我這個鯁直、冥頑的詩人
寫時只憑自己的一點靈性

這樣一個五光十色的世界
詩的聲音如此渺小
比不過搖滾和叫囂
賽不過聲色的廣告
即使瀝血嘔心，一字千鈞
迴腸盪氣，有餘不盡
能喚起幾個孤獨的靈魂？
A poet must be both born and made
信心、童心、靈性
與生俱來的癡情
半世紀的堅持

走自己的路
唱自己的歌
只獲得一個虛名
獎台上從未露臉
經典上更無我份

僅憑心中的火苗一點
手中的一支天機
這般地投入
這般地不渝
這般地自不量力
這般地不可預期
一個執迷不悟的詩人
只聽到百年前的一個聲音：
I am I
And what I do I do myself alone

借棲於籬旁的老枝
我是一隻向晚的貓頭鷹
一生只唱過幾隻像樣的曲子
吐出了幾顆圓潤
任你丟入豬欄，或日後
到書堆裡苦苦找尋——
我在此為風雪作證

二〇〇二年三月廿七日

註：
1、牙買加首都京士頓（Kingston），就在藍山（Blue Mountain）之麓，我在那裡住了十一年。藍山咖啡，名聞全球。
2、硬石（Hard Rock）演唱時，敲打震天，聲嘶力竭，十足現代。
3、波特萊爾（Charles Baudelarie）十九世紀法國詩人。艾略脫（T. S. Eliot）美國著名詩人。奧森（Charles Olson）美國現代詩人。

▲ 落磯山下可臨視堡舊居客廳。

▲ 可臨視堡新居門口。

二〇〇一年

（等待是一種
精神上的虐待
海上的霧未開）

二十世紀的尾巴
已如灰鯨的落海
龐然地，浪花四濺
不管是悲壯或是纏綿
此刻都歸於平靜
　只留下回憶一片
在這新舊世紀的交替
人們重新瞻望和祝福

將一切痛苦和仇恨忘記
寬容、博愛、勇往直前
再接再厲。邁向新的天地

眼前這個簇新的世紀
　屬於高科技
不久的將來，我們可以
在宇宙間，任意遨遊
人和電腦結為一體
生命加倍，死亡後退
貧窮和飢餓從字典消滅
一個樂園失而復得
夢想的天國降臨大地
科技雖能造福於我們

真正的世界村或人間天堂
要靠消除人類的劣根性
自私、貪婪、兇殘
在神的眼中還到處存在
當大家憧憬美好的遠景
突然，在九月的紐約
颳起一陣大風暴
摧毀了美國的一對觸角
刺痛了世界的神經末稍
人與人之間，不再信任
（上飛機要檢查鞋跟）
從早到晚，憂心忡忡
（突擊、炸彈隨時發生）
恨被發揮得淋漓盡致
愛已經變成一個虛字

我只希望：愛是離離
原上草。燒不盡，吹又生
幾千年累積的文明
不要毀於幾個人的仇恨

回顧我們的海峽
寒氣依舊、宿霧仍低
　推不開的陰霾
這樣寬的鴻溝
這樣深的誤會
這樣久的咬文嚼字
　猜不透的謎底
這是半世紀來
一個難解的中國結
（不妨先坐下來

各自表態、即使雞同鴨講
　勝過兵戎相見、真刀真槍）

在姑蘇的海德公園
我聽到一種言論
「雙方都在快速地改變
　等到生活水平接近
　思想和制度拉平
　一切芥蒂都會
　自然地消滅無形」
但願如此，但願如此
等罷！再等罷
已等過半個世紀
再等也何妨
雖然這是一種精神上的

虐待，自古以來
老百姓有的是忍耐

回顧這四分之三的世紀
曾經駛過急湍，駛過險灘
駛過湖泊，也駛過四海
我是生不逢辰嗎？
或是這一代僥倖的過客
或只是一粒細砂
在時光的長河中飄流

現在，我卻什麼也不是——
在美國不是美國佬
（被認作Chinaman）
在台灣不是台灣郎

（被歸為大陸客）
在大陸不是大陸人
（被稱做台灣人）
現在，我什麼也不求
擁有一個和樂的家
一雙朝夕可牽的手
幾卷可讀的書
還有何求？還有何求？

此生應該沒有遺憾
（給自己打了個高分）
此生也沒有悔恨
（已經是白首臥松雲）
沒有奢望、沒有牽掛
只想保持一顆童心

一點讀書人的良知
一種中國人固有的
中、正與和平

可是，可是
「老來終是望河清」
Is tomorrow another day?
一本書還未闔起
一把折扇還未收攏
一株筆還沒有放棄
（全詩完）

二〇〇二年七月二十一日
可臨視堡

▲ 夏菁歷年出版的詩集與散文集。

◀ 書房寫字桌前近照，
一株筆還沒有放棄。

後記

這是一首自傳式的抒情長詩，約一千行。描述的年代跨越了四分之三個世紀（一九二五至二〇〇一年）。我從二〇〇〇年五月到二〇〇二年七月在淡江大學的《藍星詩學》上，分十期發表，迤邐兩年三個月。其後，發覺有不盡人意及誤植之處，又寫了一篇補正。對我來說，這是一篇很重要的作品。

寫長詩對詩人而言，確實是一種挑戰；尤其是自傳式的。要寫得忠實、不違事實；要寫得賦有可讀性，不是流水帳；要寫的是詩，不是分行的散文；要寫得敘事不忘抒情，能使情與景並進；又要表達個人的觀感和時代的意識，確不是一樁輕而易舉的事。我雖然有過寫兩本詩劇的經驗；但寫這首長詩，我化的精力、心血和時間最多。我不知道最後有否達到我自己的理想和目標?尚有待讀者的慧眼和指教了!

這首詩寫到二〇〇一年為止。倏忽又到新世紀的第二個十年。在過去的十年之中,世界變化太大。時代雜誌,稱美國經歷了「煉獄的十年」(The Decade From Hell)。在另一方面,也有外國媒體稱讚台灣海峽的對岸,是崛起及新興的十年。回顧這幾年來,兩岸和洽共進的現況,使我多年來的憂慮,大為減少。希望不久,能夠更上層樓。我在詩中憂時的種種,只能說是一種歷史的記略,和一個讀書人在當時的感受、一種心路歷程罷了!老來總是望河清,不是嗎?

這首長詩的最後三句是:

一本書還未闔起
一把折扇還未收攏
一株筆還沒有放棄

我何幸，自二〇〇二年迄今，還能繼續看書、寫詩、撰文、出版著作。不久前出版了第十本詩集：《獨行集》。現在又蒙秀威資訊科技公司再予支持，出版這首抒情長詩，心中感到既高興、又溫馨。

夏菁

二〇一〇年三月

於可臨視堡

語言文學類　PG0419

折扇

——一首自傳式抒情長詩

作　　者／夏　菁
責任編輯／林泰宏
圖文排版／陳湘陵
封面設計／陳佩蓉

發 行 人／宋政坤
法律顧問／毛國樑　律師
印製出版／秀威資訊科技股份有限公司
114台北市內湖區瑞光路76巷65號1樓
電話：+886-2-2796-3638　傳真：+886-2-2796-1377
http://www.showwe.com.tw
劃撥帳號／19563868　戶名：秀威資訊科技股份有限公司
讀者服務信箱：service@showwe.com.tw
展售門市／國家書店（松江門市）
104台北市中山區松江路209號1樓
電話：+886-2-2518-0207　傳真：+886-2-2518-0778
網路訂購／秀威網路書店：http://www.bodbooks.tw
國家網路書店：http://www.govbooks.com.tw
圖書經銷／紅螞蟻圖書有限公司
114台北市內湖區舊宗路二段121巷28、32號4樓
電話：+886-2-2795-3656　傳真：+886-2-2795-4100

2010年10月BOD一版
定價：150元

國家圖書館出版品預行編目

折扇：一首自傳試抒情長詩 / 夏菁著.
-- 一版. -- 臺北市 : 秀威資訊科技, 2010.10
面； 公分. -- (語言文學類 ; PG0419)

BOD版
ISBN 978-986-221-556-2(平裝)

851.486 99014888

讀者回函卡

感謝您購買本書，為提升服務品質，請填妥以下資料，將讀者回函卡直接寄回或傳真本公司，收到您的寶貴意見後，我們會收藏記錄及檢討，謝謝！

如您需要了解本公司最新出版書目、購書優惠或企劃活動，歡迎您上網查詢或下載相關資料：http:// www.showwe.com.tw

您購買的書名：____________________

出生日期：______年______月______日

學歷：□高中（含）以下　□大專　□研究所（含）以上

職業：□製造業　□金融業　□資訊業　□軍警　□傳播業　□自由業

□服務業　□公務員　□教職　□學生　□家管　□其它_____

購書地點：□網路書店　□實體書店　□書展　□郵購　□贈閱　□其他

您從何得知本書的消息？

□網路書店　□實體書店　□網路搜尋　□電子報　□書訊　□雜誌

□傳播媒體　□親友推薦　□網站推薦　□部落格　□其他______

您對本書的評價：（請填代號　1.非常滿意　2.滿意　3.尚可　4.再改進）

封面設計____　版面編排____　內容____　文／譯筆____　價格____

讀完書後您覺得：

□很有收穫　□有收穫　□收穫不多　□沒收穫

對我們的建議：____________________

請貼
郵票

11466
台北市內湖區瑞光路 76 巷 65 號 1 樓
秀威資訊科技股份有限公司 收
BOD 數位出版事業部

(請沿線對折寄回,謝謝!)

姓　　名:＿＿＿＿＿＿＿＿　年齡:＿＿＿＿　性別:□女　□男

郵遞區號:□□□□□

地　　址:＿＿＿＿＿＿＿＿＿＿＿＿＿＿＿＿

聯絡電話:(日)＿＿＿＿＿＿＿＿(夜)＿＿＿＿＿＿＿＿

E-mail:＿＿＿＿＿＿＿＿＿＿＿＿＿＿＿＿